SACER ZODIACUS

In Menses duodecim diuisus festa
Mobilia atque Immobilia complectens
quæ Ecclesia Romana celebrat
Notatis diebus oculis subiiciens
Opus publico et non
Minus gratum quam vtile.

LE SACRE ZODIAQVE

Diuise en douze Moys Contenans les
Festes Mobiles et Immobiles que solemnise
Leglise Romaine par la Remarque
des Iours.

Oeuure non moins vtile
quagreable au public.

A PARIS
Chez Thomas
de Leu.
1618.

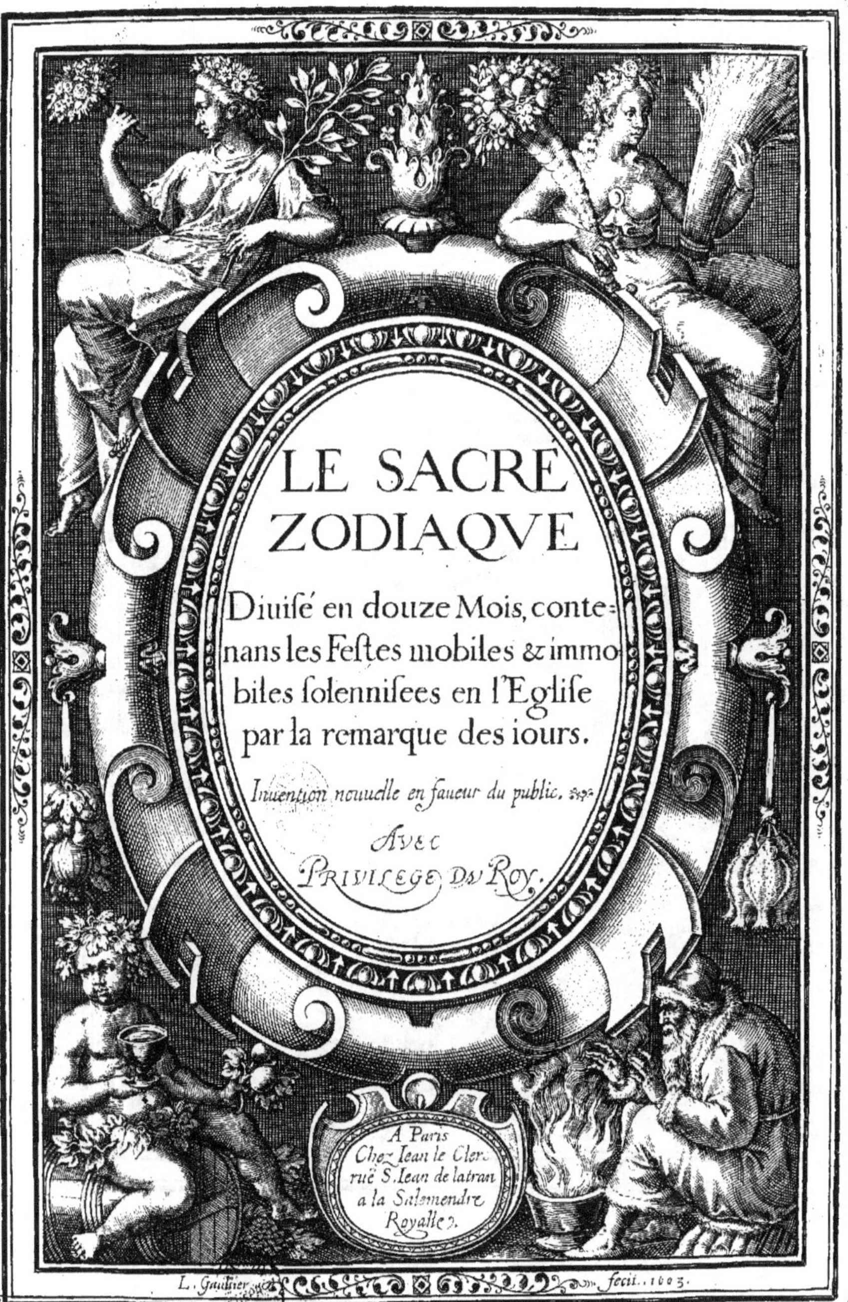
LE SACRÉ
ZODIAQVE
Diuisé en douze Mois, contenans les Festes mobiles & immobiles solennisees en l'Eglise par la remarque des iours.
Inuention nouuelle en faueur du public.
Avec
Privilege du Roy.
A Paris
Chez Iean le Clerc
ruë S. Iean de latran
a la Salemendre
Royalle.
L. Gaultier fecit. 1603.

L. Gaultier sculpsit

La Circoncision, et Saincte Geneuiefue,
Les Roys, et Sainct Anthoine, et Sainct Sebastien,
Ont leur feste en ce mois, qui le premier se leue
Pour remettre l'année en son cours ancien.

I. le Clerc excudit.

Au mois de Feburier la Chandeleur se feste,
La chaire de Sainct Pierre, auec Sainct Mathias.
Durant qu'il faict son cours tout le monde s'apreste
A se bien resiouir et faire les iours gras.

L. Gaultier sculpcit.

I. le Clerc excudit.

L'Anonciation, Sainct Thomas, Sainct Gregoire,
Auecques Sainct Ioſeph, ſont tous feſtez en Mars,
Le printemps renaiſſant renouuelle ſa gloire,
De verdure emaillant la terre en toutes pars.

Gaultier ſculpcit.

I. le Clerc excud.

L. Gaultier
sculpsit.

La Resurrection tous les ans ne se feste
En ce beau mois d'Auril, elle change de Jour,
Mais Sainct Marc est constant, car touiours il s'arreste
Au iour vingt-cinquiesme et ne faict aultre tour.

I. le Clerc
excudit.

L. Gaultier fecit.

Sainct Philippe auecq Sainct Iacques le mineur
Et le premier de may, saincte croix le troisiesme,
L'Ascension varie, et son iour n'est pas seur
Sainct Ian porte-latin est touiours le sixiesme.

Iean le Clerc excudit.

L. Gaultier fecit.

La pentecoste en may et en Juin se rencontre,
Comme la feste Dieu, Sainct Barnabé, Sainct Iean,
Ont leurs iours asseurez, Sainct Pierre aussi se montre
Auec Sainct Paul touiours en mesme iour de l'an.

I. le Clerc excudit.

L. Gaultier fecit.

La visitation de nostre dame on feste,
En Juillet, Sainct Christophle et Sainct Iacques aussi,
Auec la Magdeleine et Saincte Anne ont leur feste,
Et chacun de faire l'aoust en ce mois à soucy.

I. le Clerc excudit.

L. Gaultier
fecit

Sainct Laurens en ce mois veut auoir sa iournée,
Sainct Roch entre en la sienne apres l'assumption.
Le vingt et quatriesme est la feste ordonnée
De Sainct Barthelemy sans variation.

I. le Clerc
excudit.

L. Gaultier
fecit.

De la natiuité de la vierge Marie
Septembre est honoré et l'exaltation
De saincte Croix il chomme, et sainct Mathieu on prie,
De sainct Michel on faict commemoration.

I. le Clerc
excudit.

L. Gaultier fecit.

Sainct François en octobre, et l'apostre de France
Sainct Denis sont festes, puis Sainct Luc Sainct Simon,
Auec Sainct Iude : on iette en terre la semence
En ce mois, pour auoir des grains en la saison.

I. le Clerc excudit.

L. Gaultier fecit.

Nouembre commençant quant et quant luy chemine
La feste de Toussaintz, le iour des mortz la suit,
Sainct Marcel, sainct Martin et saincte Catherine,
Auecques sainct André, le iour à longue nuit.

I. le Clerc excudit.

L. Gaultier fecit.

Sainct Nicolas on feste, et la vierge Marie
A sa conception reçoit vœus et encens,
Sainct Thomas et Noel puis apres on ferie
Sainct Estienne, sainct Iean, auec les Innocens.

I. le Clerc excudit.

www.ingramcontent.com/pod-product-compliance
Lightning Source LLC
LaVergne TN
LVHW052024160826
845678LV00003B/1200

* 9 7 8 2 3 2 9 6 4 0 4 3 3 *